여름 외투
김은지 시집

문학동네시인선 193 김은지

여름 외투

시인의 말

홀을 걸어오는 너의 신발 소리
글자를 쓸 때 새끼손가락의 각도
무지개 횡단보도는 물론이고

뜻을 모르는 외국어를 볼 때마다
궁금해
너는 무슨 생각을 할까
너는 이 계절을 어떻게 보낼까
너는 항상
무슨 생각을 하고 있다고
이 계절엔 이직을 할 거라고 얘기해주지만

캠핑의 마지막 밤처럼
만화책의 21권처럼
보풀이 생겨버린 아끼는 니트 티셔츠처럼

꼭 한 가지 질문이 더 생겨나고
모닥불은 가끔 타닥 소리를 내고

시카고 매뉴얼
물붓
나타냄말
네 개 묶음

단어가 나타날 때 순간
궁금해
너는 무슨 생각을 할까

2023년 6월
김은지

차례

시인의 말

3부 누가 부탁하지 않아도 열매를 줍고 자
리를 맡고

4부 너무 쉽게는 말고 좀 어렵게 찾아졌으
면 해

1부

시의 제목을 오독한 후 그 시가 더 좋아지고

1월의 트리

오른쪽은 미기
왼쪽은 히다리

한 번에 외워진 단어라면 지텐샤
자전거이다

싫다는 뜻의 글자에는
자주 여자라는 부수가 들어 있고

다른 외국어를 시작했을 때도
겪었던 일이다

언어 속 낡은
여자들의 자리에
매번
저릿함을 느낀다

한편 초보 회화 연습에는
비건의 음식 주문
한부모 가정의 하루
동성 연인을 꿈꾸는 에피소드

1월의 카페에 트리가 있고

나는 트리 아래 빈 선물 상자들을 보면서

외워졌는지
외워지지 않았는지

무엇이든 떠오르는 생각들을 위한 시간을
충분히 가지려고

눈은 유키
내리다는 후루

창밖에는 눈이 펑펑 내리고
하얀 눈이 쌓이는 것을
조용히
충분히
외운다

여권

　나는 시집을 한 권 샀다 그리고 읽지는 않고 넘겼다 포커 카드를 섞기라도 할 때처럼, 글자가 아니라 유람선에서 잔잔하게 빛나는 물결이라도 보는 듯이 그런데 시인은 나에게 관심을 보였다 나는 한 문장도 읽지 않았지만 이 시인을 안다고 느꼈다 그랬기에 책날개로 돌아갔고 이 시인의 국가를 확인해본 것 태어난 곳과 쓰는 언어와 지금 사는 곳이 다 다른 시인의 국적은

박쥐와 울퉁불퉁함과 날씨

폭우와 폭염 특보가 동시에 뜬 8월 1일
나는 외출을 삼가며
문학 순회에서 받아온 책자를 읽는다

제주도 문학 순회에서 우리들은
중산간 마을에 갔다
중산간 마을에 간 이유는

1948년 11월
바다에서 5km 이상 떨어진 섬 전체를
토벌대가 불태웠기 때문이다

제주도로 여행을 올 때마다
제주도는 참, 크다
새삼 서울보다 얼마나 큰지 검색해보곤 했는데

4·3 유적 지도를 보니
해변에도
학살터 학살터 학살터

나는 뭐 아는 것도 하나 없으면서 울면 죄송하니까
애월에서 본 노을
서귀포에서 마신 커피

─ 우도의 팝콘 해변을 생각하고
제주도 사투리로 '미안해요'는 뭐냐고 물어보고 좀 후회
를 하고

우리들은 은신처였다는 굴로 갔다
입구가 좁고 깊었는데
뱀을 걱정하면서도 몇 명의 참가자들이
굴 아래로 내려가보았다
박쥐가 있다고 했다

그때도 아기가 있었습니다
아기는 울었을까요
그럼 어떻게 했을까요

작은 신문처럼 생긴 12페이지의 책자를 읽는다
'안에는 넓은 공간도 있으나
용암이 흐르다 굳어버린 암석이 바닥을 형성해 울퉁불
퉁함.'

1948년 11월 25일
이 글자 속에는

박쥐가 있기도 하다
─

바닥은 울퉁불퉁하다
제주도의 겨울 날씨는 어땠는지
서울보다는 조금 따스했는지
바람이 많이 불었는지
폭우가 내리진 않았는지

동굴 속에
울 수 없는 사람이
몇 명 있었는지

어제 새를 봤어

나는 자전거를 탄다
수면 위로 빛나는 물결과
커다란 나무에 내려앉는 키 큰 새들과
굽은 도로를 따라 멀어지는 자동차

하늘은 내가 나아가는 만큼
뒤로 물러나고
불어오는 바람과 일으키는 바람
나는 땀을 흘리고
다짐 같은 걸 하기도 한다

내가 알던 한 그루의 큰 나무는
다가가서 보니
세 그루의 큰 나무였고

물과 물이 만나는 곳에서
낯선 새를 보고
페달을 세게 굴렸다

자전거를 타고 싶다면
자전거를 타면 되는
세계에 대해

올빼미도 아닌
부엉이도 아닌
모르는 새를 봤어
동화책에서도 본 적 없는

차가운 밤은 참

시청역 근처에서
자전거를 빌리고
혜화역까지 갔다
날이 찼지만 손이 시리지는 않았다

일요일 밤
청계천을 따라 이렇게 가는 길은 처음이었다
신호에 걸려 멈추면
불 꺼진 빌딩들
셔터를 내린 가게들
팔짱을 끼고 걷는 사람들을 보며 안심했다

차가운 밤은
차가운 밤은 참
깊이 내려앉는 것만 같고

오늘 내 기분은
외롭지도 두렵지도 않은데

차가운 밤은 참

이리도 스타벅스가 많다면
아침이면 낮이면 도대체 얼마나 많은 사람들이

여기 있을 것인데
큰 도시의 집은
멀리 가야 있고
다들 따스한 집에 잘 있는지

추워서 눈에서 물이 나온다

가만있는 나를 찾아와
울지 말라고 말하던 사람이 생각나
웃었다

거리 모퉁이에 하나둘
꼭 누가 지나간다

나와 신호를 기다리던 자전거 탄 사람은
배달 업체 가방을 메고
한적한 도심을
부드럽게
횡단한다

나는 자전거를 반납하고
환한 옷가게에 들어갔다
왜냐하면

여름 외투

낙타의 등 모양이라는 산에서
도시의 측면을 내려다보며
좁고 높은 건물의 옥상을,
올라가는 계단이 보이지 않는 옥상을
옥상이 아니라 하나의 뚜껑처럼 보일 때까지
응시했다

한 마을 하늘을 혼자 쓰는 새

광화문 전광판이 자그맣게 보이는 풍경이
게임보다 더 게임 같아

네온이 다시 유행이라고 하는데
형광이라는 말이 어딘가 촌스러운가 하면
네온사인이란 말은 더 오래된 말 같고
형광이란 단어도 시의 제목에 놓인다면 멋스럽지 않을까
뭘 쓸지 골몰하느라
단어들의 자리를 생각한 건 환승을 하면서였다

나를 놀이동산에 데려가준 사람들에 대해 쓸까
크리스마스카드에 절교하고 싶었다고 쓴 사람에 대해
그 사람이 나중에 같은 방식으로 상처 준 것에 대해
코감기 약을 먹고 꾼

잠수함 꿈에 대해

너무 늦게 걷는 것도 몸에 안 좋다던데
혼자서는 더 늦게 걷는다

관객석으로 만들어진 데크에 앉아 운동화를 벗었을 때
바람에 꿀이 든 것처럼 쾌적한 날씨라는 것을 깨닫고
당황해서 계단에 등을 기댔다

'실외기'의 이름을 풀어본다
바깥 기계
대체 어떻게 이렇게 섭섭하게 이름을 지을 수 있는지,
이처럼 특별하고 단정한 이름이 또 있을까, 싶기도 하고

갑자기 퇴직하고
갑자기 휴일을 보내면서

내가 쓰고 싶은 건
여름 외투
겨울보다 추운 실내에서
어깨를 감싸주는
그런
시

만일 우리가 만나게 된다면

"너도 매기를 넣어 시를 써봐,
우리들은 작품에 매기라는 단어를 넣기로 했어."

친구는 말했지만
나는 매기라는 분을 만난 적이 없다
그래서 쓸 생각이 없었다

그럼에도 매기라는 이름이 들어간 작품을 읽었을 때
오,
매기다
괜히 반가웠다

새로 나온 드라큘라를 봤는데
이상하지 드라큘라 이야기는 처음인데도
내가 반 헬싱이라는 이름을 알고 있더라

맥주를 마시는 자리에서 한 사람이
나에 대한 시를 썼다고 했다
"싫어할지도 몰라!"
다른 사람이 말했고

이 드라큘라는 3부작이지만
1부에 무서운 장면이 많았기 때문에

나는 반 헬싱이 어떤 캐릭터인지
여전히 알지 못한다

금요일에는 먼 친척의
온라인 장례식
그의 삶의 한두 가지 일들 들은 적 있다

"그의 이름은 뭐야?"
"왜, 시에 쓰려고?"
"아니, 아니. 쓰다보니까
내가 성함을 모르길래."

매기
우리가 만나게 된다면
내 영어 이름은 클로이야
너는 이런 영화가 어때
이 구름 사진에서 도롱뇽을 찾을 수 있어
 절판된 시집을 구해서 읽는 세계가 있다는데 그곳으로 가
는 길을 걸어봤니

 영국과의 시차를 계산하면서
 머리카락을 빗으면서
 국을 냉장고에 넣으면서

—   나는

아직 보지 못한 내가 나온다는 시
를
궁금해하는 나를
영화 보듯 구름 보듯

—

등 축제

저는 혼자 있었어요
그 완벽한 순간에
봄 내음을 감당할 수 없어서
어서 약속을 잡고 사람들 속으로
달려갔어요

기억이라는 의자에 앉은 바다

청소 습관의 다른 점을 얘기하며 그녀는
바닥이 특별히 중요하다고 말했다

무대에서 몸을 쓰기 때문에 아무래도

하고
안무가인 그녀가 말했을 때
바닥

그 바닥이란

그녀가 만든 무대*에서 배우들은 자주
누워서 춤을 췄다
새처럼
물속 생명체처럼
공기
또는 물을 밀어내는 소리로

바닥을 치운다
바다보다 더 깊고 더 넓은

바닥이라는 단어의 의자에서
투명 비닐 포장을 깨끗이 떼어냈을 때

바다는
기억이라는 의자에 앉았다

연습실로 가는 오르막
나는 바닥을 확인하고 싶었고
걸으면서
두 바퀴를 돌았다

고개를 들지 않아도
달이 보였다

* 유재미, 〈움직임이 움직임을 움직이는 움직임〉.

털모자의 보풀을 떼어내는 20분

만나는 사람들이
생태주의 이야기를 계속해서
저절로 알게 되는 것들이 많다

겨울에 한참 쓰던 모자를 보풀 때문에 내놓으려고 하다가
가위질을 시작했다
재밌다

무슨무슨 주의를 붙이는 것
그저 궁금한 걸 물었다가 꾸중을 듣곤 했었는데

이 작은 모자에 보풀이 이리도 많다니

가위가 내는 고유한 소리는 사실주의 소설들을 떠올리
게 한다

일 년 더 쓰고 다닐까
어울리는 모자니까 말이야
울이나 그런 건 아니지만
따뜻하고 훌륭한 모자니까 말이야

다 읽지 못한 책을 꽂아둔 칸에는
낡은 것들의 힘이 있고

그 책을 사서 조금 읽었을 때 나는
허름한 옷을 영원히 입는 사람이 되고 싶었다

털장갑의 보풀도 제거해야지
손등 부분 방울방울 뜨개질 기술
형식주의자들이 칭찬할 것 같다

—사기꾼이 제일 좋아하는 건 죄책감이래요

주의해서 마음에 드는 옷을 입고 다니며
시간의 보풀을 제거하고
이 잘 만든 장갑을 계속 쓸 거다
잊어버리지만 않으면

슬픔과 기쁨의 개 인사

슬픔과 기쁨의 개인사라는 시를 봤을 때
나는 그것이
슬픔과 기쁨의 개 인사인 줄 알았지

나는 그때
누가 누구와 친해지느냐에 따라서
그 사람의 시가 달라진다면

아무래도 조금은
달라지겠지 그렇다면
누구랑 친해지지
이런 희한한 생각을 하던 중이었고

우리 강아지를 한 달 맡아준 임지은 시인이
「개와 오후」라는 시로 등단한 일
아무래도 그 시는 다른 사람들보다
내가 더 자주 읽었겠지

나는 지난주 시 모임에서도
개에 대한 시를 썼고
아까 설거지를 하면서도
더 잘해줄 수 있었을 텐데 미안했지만

시의 제목을 오독한 후 그 시가 더 좋아지고

지나가는 사람에게
말티즈는 역시 네이비 옷이 잘 어울린다고 말하고 싶은 건

누구와 친해져도
상관없겠지

소리 줌인

존재를 지우는 일은
슬픔의 피라미드에서
꼭대기

오리가 꽥꽥거리고

아까 지나갔다가 다시 마주친 말티즈가
오리 소리를 들으려는 듯
멈춰 섰다

난 너무 목소리가 작아

늘 이 문장으로 돌아오는 것 같다
할말을 못 찾을 때마다

다른 사람들과는 무슨 말을 나누면서 살았지?
회상 속의 나는
서너 명의 사람들과 함께
웃고 있다
또 나에게서 대화가 끊겼네

평소에 말이 없어도
미움받지 않는 사람들

조금 부러워

어떻게 하면 이렇게
잘 차려진 음식 앞에서
웃기만 하고
마음 편할 수 있는지

물줄기가 쏟아지는 여기
30초 영상을 찍고 다시 찍는다

소리도 줌인할 수 있으면 좋을 텐데
아 이미 할 수 있나

존재를 지우는 일은
슬픔의 피라미드에서
꼭대기

2부

제가 준비한 건 평범한 거예요

정미

피카소와 카프카 말이야
결과적으로
프나 카가 들어간 이름이 성공하는 것 같아

그러니까 나는
이 시에서 그를
P라고 부르기로 한다

어제 꿈에서 언니와 팟타이를 먹었어요
그럼 오늘 진짜로 먹자
바쁜 P와 나는
꿈 때문에 저녁에 만난다

P와 나는
내년에 같이 책방을 오픈할 것이다
좋아하는 일을 하면서
돈도 벌 수 있는 방법을 찾아내기만 한다면

국수가 제일 많이 남는대요
우리 동네 사거리에는 국수 가게가 하나밖에 없는데 늘
자리가 없어요

옆 테이블의 대화가 잘 들려서

P와 나는
국수 파는 책방도 생각해본다

세 번이나 검색했지만
피카소와 같이 활동한 그 화가의 이름을
아직 외우지 못했다

나는
진심으로
언젠가
프나 피 혹은 카를 넣은 이름을
쓸 계획이지만

이 세상 어딘가에는
그 친구 화가의 이름이 들어간 책방이 있지 않을까 생각
하고
진짜 있었으면 한다

어제 꿈에서 했던 일을
오늘 진짜 해보고
서로의
다듬은 머리가 어울린다고 말해주는

— 들어봐
내가 어떤 책을 만들 거냐면,

따뜻하고 추운 나라
책방 위치가 그려진 지도가
진짜 있었으면 한다

이 지도는
구체적이진 않아도
입체적이다

—

개별 토끼

동화 속에 마을이 있습니다
나는 작가이고
뭐든 해줄 수 있습니다

곰의 고민은 정해져 있습니다만
토끼의 고민을 모르겠습니다

토끼는 무엇을 고민할까요

토끼는 오물오물

예전에 언니가 키웠던 토끼는
닭만큼 커졌는데도
철제 우리를 매일 빠져나왔습니다

토끼는 자소서를 쓰기 싫어할 수 있겠지요
그렇지만 동화의 세계에서는
자소서가 필요 없습니다

최근 본 동화에는
억압이 있었고 해방이 있었고
인물들은 함께
악당을 물리쳤습니다

세상이 강요하는 무엇 혹은
스스로가 스스로를 가두는 문제
를 쓰려고 하는데

오물오물
토끼는 스스로를 가두지 않고
아무리 가는 틈 사이도 빠져나갈 수 있습니다

고민
내가 매일 하는 것
나는 토끼를 모르겠습니다
아니 고민을 모르겠습니다

토끼는 '끼'라는 글자가 있는데도 귀여운
엄청난 동물

너무 귀여운 게 걱정일까
오르막을 오르기는 잘하지만
내리막을 내리기는 잘 못하는 게

버려진 적이 있거나
귀가 너무 크거나

넌 정말 아무것도 필요하지 않니

다름을 존중하고
약점과 한계를 인정하는 동화 속에
토끼를 풀어놓으면

토끼는,
딱히 당근을 좋아하는 건 아니야
마른 배추도 먹습니다

한두 개

단지에 모과가 열렸다

모과나무였구나

모과 냄새를 맡으려고 나무 아래로 갔다

엄마는 티브이 옆에 모과를 두곤 했다

친척이 오면 모과 얘기

모과같이 생겼어

못생겼다는 뜻이라고 했다

아무리 봐도 예쁜데

조롱박을 놔두기도 했고 소라껍데기가 놓여 있을 때도 있
었다

소라껍데기에 귀를 대면 바닷소리가 들린대

웅웅

이게 바닷소린가보다

왜 그런 거짓말을 하는 거지

나는 어제 들은 친구의 말과 지난주에 들은 친구의 말이
달라서

내 일도 아닌데 떠올리고 있다

약속으로 희망을 표현했나보다

웅웅

제가 준비한 건

람프에 살고 피부가 파란색이고 소원을 들어주는 이로부터 카톡이 왔다 그건 어렵겠습니다 제가 준비해둔 건 평범한 거예요 공무원이 정말 프사의 그림처럼 파란 피부의 요정은 아니겠지만 평범한 것도 좋겠어요 학창시절의 저에게 작은 장학금을 주세요 뭘 잘해서가 아니라 그냥 당첨 같은 거 되어서 그건 어렵겠습니다 제가 준비한 건 평범한 거예요 벽지를 바꿔주는 건요 그건 어렵겠습니다 6월까지 지인들이 밥 먹자고 안 했으면 좋겠어요 발등이 아직 다 낮지 않았거든요 제 게임에서 플래티넘 받지 못한 두 개의 라운드를 깨주실 수 있는지 궁금합니다 제 시집을 사주세요! 안부인사 대신 전해주기 결혼식 대신 가주기

매일 아침 사과 먹고 싶어요

받은 만큼 돌려주기? 상처 말고 사랑요 그럼 되는 게 대체 뭔데요 게다가 오늘은
제 생일이라구요 제가 준비한 건 평범한 거예요

위생 장갑
―김을 좋아하고 몇 주째 김을 생각합니다

해변을 걷는다
다이빙 장비를 하고

문장이 바다에 둥둥 떠다니네

상상력의 력

나는 바다에 떠다니는 력을 줍는다

이래서
상상이라는 단어에
힘이라는 글자를 붙였나보다

급히 연필을 빌려
책 마지막 장에 적었다

'나의 인스타그램적인 환경 캠페인'

과시 허세
라고 해도
인스타에 올린 만큼만이라도
실천하게 되기를

나는 자주
만약 내가 마케팅 담당자라면,
어떻게
물질을 쓰지 않는 방식으로 홍보할 수 있을지
상상하곤 한다

김밥을 쌀 때
위생 장갑을 끼는 것은
이미 입력된
문화양식 같은 것일까

해파리처럼
바다에 떠다니는
위생 장갑

"솔직히 말해주세요"
재즈 뮤지션에게
제주도 쓰레기 사진을 보여주며
어땠냐고 물었을 때
그는 대답하기 어렵다고 했다

"불편해야 하는데
아름다워서"

뮤지션은 강연을 시작했다
천재 연주자들이 모여서
즉흥적으로 만든 세기의 명반에 관해

17세에 나사에 입사한 한 사람이
입사 사흘 만에 핑크 행성을 발견했다는 기사

행성이 둥둥 떠다니네

그 행성에서
쓰레기 문제를 획기적으로 개선한 구성원을
천재로 다루는
비현실의 소설을 상상한다

깨끗한 바다에서 나는
깨끗한 김을 먹고 싶은데
그러기 위해서 내가 할 수 있는 일을 모르겠다

상상력의 력

이래서
상상이라는 단어에

힘이라는 글자를 붙였나보다

어제 내가 다짐한 일
오늘 내가 반성한 일
내일 내가 실행할 일

무효 무효 무효

비닐을 줄이기 위해 **종이**가방을 잘 챙기고 다녔는데
주문한 피자가
비닐에 한번 더 포장되어왔다

크리스마스 케이크에는
낯선 플라스틱 장식

사랑하는 사람들에게 받은 선물에서도
태어나서 처음 보는 포장재가
계속 나온다

나는 김을 먹고 싶고
김이 나는 바다가 깨끗해야 한다고 믿고
시간을 들여 하는 노력이
자연을 파괴하지 않는 일에 소용이 있기를 원하지만

사랑하는 사람에게 선물을 받고
피자를 먹고
크리스마스 케이크를 사고 나오는 새로운 쓰레기를
버리는 방법을 모른다

4g이 담긴 조미김
비닐의 바삭거리는 탐스러운 소리

본 제품은 바다에서 얻어지는 원료를 가공하여 만든 제품으로
새우 게 해초 등
바다 생물이 나올 수 있으니
제거 후 섭취하여주시기 바랍니다

찰나를 위해 만들어진
영구적인 문장이
바다에 둥둥 떠다니네

굴

1. 피곤했다
2. 그래도 잠이 오지 않았다
3. 난 누워 있었다
4. 불편했고 상념이 계속되었다
5. 일어났다
6. 맥주를 들이켜고 자려고
7. 독일 맥주가 있었다
8. 이런 식으로 마시려니 아까웠다
9. 거실에서 마셨다. 추웠다
   맛이 없었다. 계속 마셨다
10. 마시면서 체호프의 「굴」을 읽었다
11. 콧물이 났다
12. 강아지가 나를 구경하러 왔다
13. 강아지가 흥미를 잃었는지 자러 갔다
14. 지난번에 읽고
    내가 좋다고 생각했던 부분이
    이번에 보니 없었다

앨범

시골 개 짖는 소리에
창밖을 내다보니
농장 지붕 위에 고양이

열일곱 살이라는 그 고양이가 맞나 하다 고개를 들자
끝자락
달빛에 젖어
지나가는
솜구름

책은 읽히지 않고
풀벌레 소리 들리네

반깁스

시간이 지나면
뼈가 붙는다는 건
정말 신기한 일이야

기차처럼 기다란 약봉지

다섯 알
-네 알
-다섯 알
의 시간이 지나면

팩맨* 모양으로 부러진 뼈가
다시 동그랗게 된다는 건

궁금한 게 있으면 당장 답을 얻을 수 있고
연락을 기다리는 잠시가 고통인 요즘에

지금 여기는
뼈가 붙는 시간

가위 바위 보 같은
바위 가위 보 같은
가위바위보

이 단단한 부목조차
붕대를 감는 사이
내 다리 모양으로 굳었고

조금 전에 내리기 시작한 눈이
벌써 세상을 덮었는데

한 조각 베어낸 홀케이크처럼 부러진 뼈가
다시 홀케이크처럼 붙는다는 건
믿기 힘든 일이야

백 년 전에 살았던 사람이 쓴 시 속에는
호박, 반 고흐, 그리고
하나도 낡지 않은 과학 용어가
기차처럼 이어져 있다

* 1980년 출시된 아케이드 게임으로, 피자를 먹다가 만들어졌다는
세기의 식충 캐릭터.

작년 신상 티브이

K라든가 U가 들어간
짧은 암호 같은 제품 사양을 확인하고
적당한 가격의 작년 신상 티브이를 산다

까만 잠자리 날개 영상이 아름다워서
자연 다큐를 틀어놓는다

유혈목이 꽃뱀
개구리
무자치
동식물 이름은 다 시어 같아

가끔 자연 다큐를 본다
몰랐던 것을 알게 되는 것도 재미있지만
어떻게 찍었을지 상상하는 게 더 재미있다

뱀은 너무 추운 곳을 빼고는 어디에나 산다고 하는데
자연의 아름다움을 만끽하는 걸 중요하게 생각하는 사람과
안전한 걸 중요하게 생각하는 사람이
함께 숲속을 걸을 때
바빴던 머릿속을 떠올리고

빛과 감정에 따라 색을 바꾸는 동물

을 본다

개구리가 몸의 백오십 배 길이를 뛰고 또 뛴다
이어서 도마뱀도 뛴다

이 동물에서 저 동물로 넘어갈 때
원고를 쓰는 작가의 고민
그런 걸 상상하는 게 더 재미있다

개가 전기방석 위에서 쌔근쌔근 자고 있고
나는 온갖 뱀을 계속 보고 이쁘다고 생각한다

100미터까지
새처럼
S자를 그리며 날아가는 뱀

그건 난다고 하는 게 아니라 뛴다고 해야 하는 거 아닐까
그렇지만 저 장면은
난다, 라고밖에 표현할 수 없어

비슷한 다큐를 본 것 같은 기분이 들 때

작년 신상 티브이로

새로운 카메라로 찍은 다큐 속
수영하는 뱀
비행하는 뱀을 보다가
성우의 목소리에 잠깐 집중한다

피나무가 열식된 산책로

감정은 외면한다고 해서 줄어들거나 사라지지 않습니다
이름을 붙여주면 도움이 됩니다

소방서 부대시설에서 책을 펼쳤다

소음을 차단하는 방식
푸르름을 만끽하도록 한 배려
아름다운 자태를 자랑하는 마로니에 두 그루를
저자는 설명하고 있다

여행자가 아니라 제작자로서 바라보는
공원

책은 사진이 가득하고
풍경과 공기와 계획과 기분을 담은 문자들이 천연하다

행복해 보인다

그래서 다른 건물을 지어 대학 건물을 가리는 것보다는
그냥 비워두는 것이 더 바람직하다고
저자는 설명하고 있다

나는 어제의 내 감정에 이름을 붙여본다

—　여행자가 아니라 제작자로서

그냥 비워두는 마음
팔레 루아얄 정원

저의 외면하는 기술은 점점
섬세해지고 단단해지는 것 같아요

게임에서 플래티넘을 받았고
추위에는 꼼꼼히 대비했고
항히스타민 감기약을 밤낮용으로 사두었어요

외면을 과소평가하시는 거 아닌가요
도망치려고 힘껏 달리면
저절로 웃음이 터져
배가 아프도록 웃고 눈물이 고이기도 하잖아요

피나무가 열식된 산책로

잡히길 바라면서 달린다

어제는
비워두는 마음

팔레 루아얄 정원

밥을 먹는다

할 얘기가 있어 만난 저녁

잘 닫혀 있는 수저통의 뚜껑을
다시 닫고
엠보싱 티슈가 들어 있는 휴지 갑을 아까 자리로 밀어놓
는다
귀퉁이가 녹은 플라스틱 컵의 갈색

물수건으로 손을 또 닦은 후
숟가락을 든다
한 번도
눈은 마주치지 않으며

밥을 다 먹고
지하철 반대 방향
각자의 길을 갈 때
기둥 너머 플랫폼
창가에 비친 자신의 모습
어느 것도 바라보지 않는 시선

이런 시를 써왔을 때
누가 말했다

나에게도
똑같은 일이 있었어요

간담

손님이 기침을 하더니
또 기침을 했다

매장 사람들 머리 위로
동시에
만화 말풍선

같이 일할 사람을 처음 만나며
확실한 사람으로 보이고 싶었지만
출력해둔 파일을 안 갖고 왔다

사람들과 즐겁게 지내는 건
권리 쪽의 일인 줄 알았는데

방금 뭐라고 하셨죠

상대가 친절하게 설명하고 있건만
집중하지 못했다
며칠 후 우리는 또 만나야 한다고 한다

간담
그러니까 개별 간담

상반기는 일복이 많고 금전운은 별론가봐
모르는 걸 물어볼 수 있는 건 좋지만

사람들과 즐겁게 지내는 것은
건강에 좋아

개별을 빼면 간담은
왠지 정겨운 한자를 쓸 것 같은

확실한 사람으로 보이고 싶었는데 목이 간질거렸다

저, 감기 아니고
그냥 커피 가루
만화 말풍선

두 개의 달이 있고 세번째 달을 보는 일은 아주 드물다

저 게임 속에는
말하는 고양이가 있다
은행이라고 한다

"식물의 맛이 궁금하다니……"

식물계 생명체가
인간의 채식주의와는 반대의 고민을 나눈다

나는 그런 상상을 한 번도 해본 적이 없어

나무처럼 자란 버섯 사이로
달린다 지도의 다음 지점까지

걷는 것과 뛰는 것의 차이는 뭐지
어차피 모두 뛰어다닌다면 말이야

나는 이제 게임 디자이너가 되고 싶어
게임 스토리를 쓰고 싶다고?
아니, 저렇게 신비로운 달과 선박과 벌레 들을 나도 그려
보고 싶어
네가 그렇게 말할 때마다 뭐라고 답해야 할지 모르겠어

게임을 하다가는
이런 대화를 하고 싶지 않으리란 걸
나도 쉽게 공감할 수 있고

보석함이 열리는 소리
결계가 풀리는 효과음
다그닥 다그닥

어떤 동물이 뛰어오고 있나보다

너의 캐릭터가
뭔가를 제작해야 한다고
공방으로 들어갔다
잘 정리된 공방으로

졸다가 신기록

지나갑니다
망연하니요

저는 잘 모르겠어요 일단은 낸 걸로 나오는데 이런 상황은 처음이니까
요 다들 어제도 그제도 그렇네요 연기되었잖아요 그러니까

대답이 늦어요
말은 더듬고
쓰고 싶지 않은 단어가 있어서

학자는 말합니다
숲에
아무것도 하지 않고 그대로 두는 것이
훨씬 이득이라는 것을
이제는
알 때도 됐다고

어떤 미소는 화를 내지 않기 위한 노력

학자는 말합니다
벽을 타는 도마뱀의 발이
얼마나 놀라운지

하루가 지나갑니다
망연하니요

얼마 전에 사둔 두통약을
누가 다 먹었지

졸음이 찾아와주길 바라며
할 수 있는 가장 지루한 일을 하는 새벽
졸음보다 허기가 먼저
도착했어요

포도

여분의 열쇠가
화분 밑에 없어서
카페에서 기다리기로 한다

이 마을의 카페는 대개 오후 다섯시면 문을 닫고
여기는 여섯시까지 한다

전에 왔을 때 앉고 싶었던 창가 자리에 앉아
카페보다 약간 지대가 높은
경사진 길을 바라본다

언제 서로 친절을 멈추어도 괜찮은지
언제 서로 떨어져야 좋은지
어렵게 배워놓고도 자꾸 잊는다

빗소리는 들리지 않지만
꽤 많이 내린다

일정 시간 이상 겪으면
알 수 있는 것과
또 도무지 알 수 없는 것

포도(pave)와 건물이

검게 그리고 베이지색으로 젖는 것을 보며
차를 마신다

내 에코백에는 항상
니트 카디건과
가벼운 우산이 들어 있다

3부

누가 부탁하지 않아도 열매를 줍고 자리를 맡고

종이 열쇠

잘 구분된 이면지가 담긴 상자가
책상 한편에
고유한 느낌으로 있다

커피의 쓴맛 속에서 초콜릿과 견과류를 느낄 수 있게 되듯
이면지를 좀 알게 되기까지 오랜 시간이 걸렸다

어떤 경우에든 다시 쓰여도 괜찮은 허물없는 이면지
비밀을 갖고 있어 조심스러운 이면지
앞면이 너무 강렬해서 뒷면까지 채운 느낌인 경우는
손톱을 깎을 때 쓰기에 알맞다

뒤척이다가 일어나 아무렇게나 쓰는 꿈 묻은 말들
이면지는 잘 들어준다

이름을 봐도 떠오르지 않는 사람의 시를
이제 상자에 넣으려고 하는데

밝은 교실
어두운 창밖
사람들의 진지한 등

그 시를 읽었던 계절과 공간이

종이 한 장에 다
불려온다

아, 맞다 나 시 써야 해

김치볶음밥을 한 그릇 다 먹고
또 한 그릇 더 펐는데
반 그릇 남겨서
뚜껑을 덮어두었다

나는 왜 김치볶음밥을 이토록 좋아하는 걸까
그것이 지나온 삶을 어느 정도 반영한다면

관공서에서 받은 작은 일
단체 카톡 방,
예술가들이 참가자들에게
오늘의 예술활동을 제시했을 때

봄님이 나갔습니다

완수 후
입금은 완수 후라고 하셨지
우리들은 모쪼록 작은 일이 완수되기를 바랄 뿐이야

사진을 찾아달라는 사람
파일을 확인해달라는 사람
동행이 있냐고 묻는 사람

나는 모두 대답해주고 시를 쓸 생각

전에 했던 말이 이 말이냐는 사람
모르겠다가 입버릇인 사람
진짜 모르겠냐니까 조금만 모르겠다는 사람
업무 추가를 자연스럽게 하는 사람

사람이 어떤 행동을 왜 하는가
왜 저러는 거지
이건 뭐야
이 세 가지는 같은 말인데

옛날 작가들의 이름을 외우며
커피를 마시네

메일 아래에 첨부된 이전 메일에는
"작가님을 너무 번거롭게 해서 어쩌죠"

사람이 어떤 행동을 왜 하는가
다 이유가 있겠지
저분도 너무 고생이다
이 세 문장도 같은 말

밤이 깊어 날짜 바뀌고
읽고 싶던 시집의 비닐을 뜯어
제목에 끌린 시를 몇 편 읽다가
아, 맞다 나
시 써야 해

반 그릇 남은 김치볶음밥

미안한 연기

이층 한의원에 가려고 문을 밀었더니
낡은 문 뒤에 받히는 사람
담배 피우던 사람이 날 보고 놀란다
꽁초 안 버렸어요,
밑에 꽁초 안 버렸어
어디서 본 것 같은
알아도 모른 척해주길 바라는 표정의 그
는 바닥을 가리키고
굳이 꽁초를 보이며 나간다
계단을 오르다가
연기에 대고 한 연기

그냥 버리세요

고궁의 타임랩스*

돌담을 녹음하고—
홀로그램 전시를 찍고—
메일을 주고받고—
퀴즈를 내고—

해시계의 양각 숫자판
좋아하는 숫자에
다들 손을 대어본다

그렇게 찍었는데도
26초밖에 안 돼
그렇게 찍었는데도
20초밖에 안 돼

그래도 꼭
타임랩스가 있었으면 좋겠는걸

누가 부탁을 하지도 않았는데
한 명은 열매를 줍고
유리도 줍고
가을의 마음을 줍고
어깨에 쏟아지는 빛줄기를 줍는다

누가 부탁하지 않아도
열매를 줍고 자리를 맡고
무슨 뜻인지를 묻고
동음이의어를 검색하는

이 가을이 다 갈까봐

네시의 덕수궁 종소리
한 명 한 명씩 줍나봐

* 식물의 싹이 돋아나거나 구름이 이동하는 장면과 같이 긴 시간에
걸쳐 일어나는 다양한 과정을 압축해 보여준다.

자기소개

따릉이 내정보

1월 이용이력	대여반납이력 >
이용시간	305분
거리	33.80km
칼로리	695.92kcal
탄소절감	7.85kg

8월 이용이력	대여반납이력 >
이용시간	2,104분
거리	279.34km
칼로리	5,752.15kcal
탄소절감	64.85kg

친구의 취향

나는 딱히 홍차를 좋아하지도 싫어하지도 않는데
집에 늘 홍차가 있다

홍차를 주는 친구는
항상 내가 먼저 연락하는 친구다

올가을 첫 홍차의 맛

이 얘기를 하려고
또 내가 먼저
연락하겠네

포포

식물원에 오니까 놀고만 싶다
일하러 왔는데 놀고만 싶다

놀 때는 일하고 싶었다

그런 건 번아웃이 아닙니다
어느 강연에서 들은 말

식물원은 휴관이다
어제도 확인하고
오는 길 전철에서도 확인했지만
일기예보는 비

차도 필요 없고
무언가 되기를 바라지도 않고
새 휴대폰도 싫은
자폐 가족으로 불리는 사람이 나오는
소설을 읽었다

식물원은 휴관이다
아무에게도 알리지 않고

폐수영장, 문 닫은 카페

낙과
하니야 라니
멀리서 바라보는 고양이
안녕 우리는 일하러 왔어
기지개를 켠다

그런 건 번아웃이 아닙니다
그런 것은 과민한 게 아닙니다
그런 것은 당신의 문제가 아닙니다

포포나무
포포나무과
Asimina triloba
원산지 북아메리카

맛은 바나나와 망고 맛이 나고
단백질 함량이 과일 중 제일 높다
잎과 수피에 천연 살충제가 함유되어 있어
병해충이 거의 없으므로,

식물원 나가는 곳 앞에
포포나무
보러 다시 올게

타이레놀에 대한 어떤 연구

내 앞에 놓인 램프는
구의 형태라고 말할 수 있지만
한쪽을 잘라낸 모양이다
상처 난 사과를
살짝 도려낸 듯이

빛이 주로 새어나오는 부분은
그 도려낸 면 쪽이고
나머지 부분은 (전등갓이란 게 대개 그런 것처럼)
직접적인 빛을 막도록
디자인되어 있다

나는 내가 쓰고 싶은 게 뭔지
떠오르길 기다리면서
천장에서부터 기다랗게 내려온 조명을 묘사하고 있다

원래는 최근에 있었던
힘이 센 작은 행복에 대해,
내가 나에게 잘해줬기 때문에 기꺼이 당신의 더 큰 기쁨
을 바랄 수 있었던 것에 대해
써볼까도 했지만
어디서부터 써야 할지

저것을 램프라고 부를지 전등이라고 부를지 조명이라고
부를지 사전을 찾아볼지 고민하면서

쓰고 싶은 게 떠오르길 기다리면서
등을 바라보고 있다

내 앞에 놓인
등

카페에 들어왔을 땐
사람들과 회의를 하느라 저 등에 시선을 주지도 않았지만
바라보고 있으니까
무슨 회색이라고 표현해야 할지 모를
구 모양의 조명이
참 잘 만들어졌다는 걸 알겠다

도려낸 것 같은 부분의 뒤로
쪼개기라도 할 것처럼 그어진 금
틈 사이로 나오는 얇은 빛이 근사하다

꼭 시가 아니더라도
의외의 순간에
자꾸 무너지는 기분에 대해

누군가와 나눌 수 있는 글을 써도 좋겠지만

조명 아래 조명의 그림자가
커다랗게 두 개
그리고 작지만 진한 그림자가 두 개
더 진한 그림자가 하나 있는 것을 본다

방금 기분이 무너졌다고 말했지만
부츠 코를 까딱까딱하는 건
캐럴 느낌의 재즈 연주가 흐르기 때문이고
따뜻한 카페 이층을 혼자 쓰기 때문이고
현대적인 등이 있고
여기까지 쓰여진 무언가가 이상해서
이상해서 맘에 들기 때문인지도

모를 기분으로
부츠 코를 까딱까딱

써볼까
타이레놀이
마음 통증도
진정시킨다는 어떤 연구

증폭

근래에 무서웠던 날

최선을 다해 책을 읽으며
그 자리를 버텼다

아카시아나무는 열대지방에 사는 나무로
한국에서 아카시아로 알고 있는 나무는 실은 모두
아까시나무라고

5월이라 마침 익숙한 꽃내음이 코끝을
스쳤다

라일락은 시원하고
아까시는 달다고 그것은
미세한 차이라고 했다

시원함과 달콤함은 굉장히 다른 것
같은데

오래도록 좋아해온 향에 대해 더 깊이
모르게 되었다

예시와 호박

어제 읽은 책에서도
오늘 읽은 책에서도

우리에게 시간은 있지만
시간의 연속성을 분실하였으며
그래서 현대인의 삶은 작아졌다고

인스타그램을 잠깐만 하고
양팔을 어깨 위로 올려 스트레칭을 하면서
시간 연속성의 예시를 생각해본다

엄마는 마당에 호박을 키웠는데
위층에서 내려다보면 덩굴이 정원 지붕을 덮었다
가끔 호박잎을 따서 먹을 땐 까슬한 잎이 싫었지만
할머니는 찐 호박잎에 밥을 싸 먹는 게 특히 맛있는 거
라 했다
지붕 위에는
커다란 호박 몇 개
노랗게 익었고

나이 많은 개를
조심스럽게 목욕시키고서
나는 여전히

시간 연속성을 회복하는 방법이 있을지 궁금하다

점심시간에 친구는
녹색 호박과 노란색 큰 호박은 절대 다른 채소라고
그건 너무나 확실하다고 했다
그렇지만 나는 우리집에서 호박을 기르며
녹색 호박이 노란 호박으로 익어가는 것을 수없이 봐왔
는데
왜 나를 믿지 못하냐고 되물었지만

아무리 그래도 두 채소는 다른 거라는 친구 때문에 나는
우리집에 두 종류의 호박을 심었을 수도 있겠다고
추측하기는 했다

그제 읽은 책에도
내일 읽은 책에도

달 이야기

나는 달의 연속성을
알고리즘한다

어제보다 7도 높아요

작은 난로 한 대에
어른 셋

이 계절을 나본 적이
없었던 것 같아

난로 위에 귤은
일곱 개까지 올릴 수 있다

귤을 기준으로 보면 난로는
일곱 개용

우리도 수도가 얼었어요
물이 조금씩 흐르도록
틀어놨는데도 말이죠

모두 웃는다
이럴 때 어울리는 웃음이 있다

난로 위에 구운 귤을 먹어본 적이
없었던 것 같아

어제보다 7도 높아요

내가 오늘 본 유일한
온기 있는 말을 건넸던 것

건너편으로 넘어가는 문장이
가면서 얼어
무지개 모양

4부
너무 쉽게는 말고 좀 어렵게 찾아졌으면 해

초여름

줄 노트에
편지를 썼다
세 장이나 썼다

세수를 하다가
편지 안 줘야지, 생각했다

그리고 놀랐다
편지라는 건
안 줄 수가 있구나
이렇게 실컷
말 걸어놓고도

편지를 안 줄 수 있다는 것에 기뻐하며
냉장고에서
썰어놓은 수박을 꺼내 먹었다

거대하고 같은 시계

그는 간판 보는 걸 좋아한다고 했다 나도 간판을 좋아하는데 나와는 다른 좋아함인 것을 알았다 여기만 한글 이름이라 예약했어 라자냐와 조금 매운 파스타 도시의 보랏빛 노을이 내려앉을 때 사진으로 잘 나오지 않는 거대한 시계가 움직이고 나는 작은 옥상에 있는 사람들을 보며 자꾸만 고양이가 아니냐고 물었지 간판 보며 걷는 그를 상상하면 나도 간판을 보며 걷게 돼 작은 낡은 그 골목을 밝히는

간판을 좋아했는데 좋아한 지 너무 한참 되었네

밤의 들판과 도시와 들판이 지나가고 버스 창밖으로 십자가를 세다가 졸다가 아는 간판이 나오면 기지개를 켜던 그때로부터

그 영화는 좋았다

내가 왜 이 나무를 좋아하는 줄 알아?*

그 영화의 명대사는 이 질문의 답이다
나는 이 질문이 더 좋지만

커다란 나무
귀여운 아이
밖으로 나온다

아슬아슬
귀엽다고 해도 좋을지
저 삶을

플로리다 아이들이
아이스크림을 먹는다

입소문이 난 영화를 뒤늦게 나도 봅니다만

누가 제일 나빠
어떻게 했어야 옳은 건데

나무와 아이가
화면 밖으로 나온다

되게 오래도록
문제를 발견만 하면
마법처럼 해결하는 줄 알았지

이제는 내가 왜
이 영화를 좋아하는 줄 알아?

봤다고 말할 수 있기 때문에

* 영화 〈플로리다 프로젝트〉의 대사 "내가 이 나무를 왜 좋아하는
줄 알아? 쓰러졌는데도 계속 자라서".

비타민D

개울가의 갈대가
바람에 흔들리는 게 아니라
빛 입자에 흔들리는 것 같다

형용사를 고유명사로 사용하고 싶어

오리와 검은댕기해오라기
이름을 붙여주며 시간을 보내고

작은방에 티브이를 켠 다음
부엌에서 국을 끓인다

티브이 소리가 나는 집,
그런 시공간에
어울리는 이름

(   )

최선을 다해
하루를 보냈지만

반쯤 잠든 당신에게 부탁한다
굿 나잇,

하고 말해달라고

꿈은 그냥 꿈이고
무엇의 반영도 아니라고

가게 보기

아무 생각 없이 사는 사람과
아무 생각을 하지 않기 위해 수련하는 종교인과
내가 신고 있는 털 실내화의 밑창이 너무 얇다는 것과
떨어뜨린 얼음이
녹아 실내화가 젖는 것과
그게 아니라 그냥 냉기가 스며드는 것에 이어
친구 걱정
내 걱정
누구도 알지 못하는 나의 아침 상태와
내가 알지 못하는 사람들의 아침 상태와
아무 생각을 하지 않기 위해 수련하는 종교인과
인기 서점의 책의 기분과
비인기 서점의 책의 기분과

기적이 진짜 있는지
언젠가 기적 같은 일이 일어났던 일 생각한다 그리고
월세와
책을 많이 읽는데 성격 별로인 사람과
그래도 역시 책을 조금은 읽었으면 좋겠는 사람과
사두고 안 신는 신발과
사두고 잊어버린 원피스와
술을 마지막으로 마신 게 언제의 일인가를

심심한 건 아니고
슬픈 건 아니고
우울한 것도 아니고

"행복감은 습관인 것 같아"
"어떤 일이 일어나느냐와는 별개야"
어떤 문장은
마치 유일한 열쇠처럼
비로소 어떤 상태를 이해한 느낌을 준다

좋은 소식에 들떴었기 때문에
이런 기분이 드는 거야
이 기분은 그냥 낙차야

와주었으면 하는 사람은 다름 아닌 바로 당신인데

어제처럼 가까우면서도
어제처럼 아득한

매일 마침내

거절당한 친구에게
먼저 놀자고 말할 수 있나요

작은 공원의 삼백육십오 일을
처음 와본 것처럼 살필 수 있나요

집으로 돌아오는 가족을
매일 마침내 돌아온 것처럼 맞아줄 수 있나요

추위가 찾아오면 집에서 가장 따뜻한 바닥에
배를 깔고 누울 수 있나요

각종 천을 모두 이불로 쓰기를 좋아하는 건?

건네는 손가락을
살짝 물었다가 놓아줄 수 있나요

강아지는 그럴 수 있는데

과학 독서 모임

지구와 똑같은 행성이
있을까 우주에는

인류와 비슷한 생명체가
있을까 우주에는

한국어랑 같은 언어가
토요일 같은 주말이
너를 만난 느낌이

이 오래되고 넓고
놀랍다는 우주에는
있겠지

연면*

강아지
주사기로 밥을 먹이고
손톱을 깎는다

콜라 캔 따는 소리
당신은 새벽 다섯시에 깼지

바람이 불 때마다
현관문에 고속 인터넷 광고 용지가

앞머리를 자르다가 눈을 찌를 뻔했고
살을 집었다

헬스장 시간을 조정하고
서로의 스케줄을 자세히 주고받자

바람이 불 때마다
현관에 광고 용지가 흔들거린다

생각보다 괜찮으시네요
아 네, 울면 못 챙기니까
제가 돌봐야 되니까

손톱을 깎다가
시를 쓰려고 메모장 앱을 열려는데
못 찾아서
카톡에 쓴다

당신은 좀 쉬어야지
일쩍 마치고 올게

바람이 불 때마다
종이가 운다

나가는 길에
저 광고지를 떼야지

* 연명이라고 쓰려고 했는데 연면이라고 썼다.

월기

개학을 앞둔 마지막 주는 숙제를 하며 보냈다 방학 숙제를 하나도 하지 않고 지내다가 엄마와 함께 숙제가 적힌 종이를 읽었다 자, 우선 그림 두 개 그려와 온종일 걸렸다 수수깡으로 전동 배를 만든 적도 있다 욕조에 물을 받았지만 감전될까봐 걱정이 심했다 밀린 일기도 써야 했다 밤의 부엌과 거실 내 방 책상과 벽에 붙인 작은 밥상 일기를 쓰다가 너무 괴로워서 여기저기 옮겨가며 썼다 일기장과 싸우고 있는 나 방학 내내 태평하게 논 학생치고는 숙제를 다 해서 내고 싶었다 며칠 전의 날씨와 했던 일 기억을 짜냈다 태평하게 논 학생치고는 사실대로 쓰고 싶었다 일기 아니 월기를 쓰다가 깨달았다 마지막 줄에 그리고 잠을 잤다 라는 문장으로 마치면 안 된다는 것을 일기는 자기 전에 쓰는 것인데 그리고 잠을 잤다 라고 할 수는 없다는 것을 일기를 퇴고했다 개학이 하루 남았고 이미 늦었다 그날의 지배적인 정서였다 그렇게 열심히 해봤자 꼭 한두 개 못하는 숙제가 있었고 대충 한 숙제를 보니 괴롭고 너무 졸렸고 오빠 숙제까지 봐주느라 짜증이 폭발한 엄마도 찰흙으로 연필통 같은 걸 만들고 있었다 그런데 개학을 해보면 내가 일기를 제일 성실하게 쓴 학생이었다 선생님은 내 일기장을 들고 칭찬을 하시고 선생님이 남겨준 코멘트 매일 뭐가 이렇게 좋은 게 많을까 그러고 보니 과연 기분이 참 좋다는 문장을 자주 쓰고 있었다 그다음부터는 잘 안 썼다 매일매일 꾸준히 일기를 쓰지 못하는 내가 한심했다 그렇지만 방학이 된 것을 온

전히 기뻐하며 숙제 따위는 잊어버리고 가능한 한 오래 놀
수 있는 방학 숙제에 슬플 정도로 최선을 다했던

　방학이었다

중간고사

우물이라는, 근원적 심연의 상징과 타나토스의 설화적 상
상이 놀랍다는 단편
소설집을 빌려야 했지만
제자리에 없고

정말 언제나 이상할 정도로 사람이 없는 구간 서고
나도 담당자도 그 책을 도저히 찾지 못했을 때
사서가 와서 안쪽 서가를 확인했다

우물은
어떻게 생겼지
실제로 우물을 내려다본다면 어지러울까

삐걱삐걱 핸들을 돌리자
레일에 얹힌 서가들은
둔중한 오후를 옮기네

쉽게 찾아지지 않았으면 해
너무 쉽게는 말고
좀 어렵게 찾아졌으면 해

기록되어야 할 작은 것들을 담은 전집
세로로 쓰인 금박 문자

그리고 종이 냄새

책들이 기다려온 시간만큼, 내가
좀더 놀라운 것을 찾으면 좋을 텐데
리포트 쓰기 위해 읽어야 할 고전도 좋지만

좀더
책을 슥 밀면

'딴게 나타났으면 좋겠어'

당신의 방에 꽂혀 있는 편지가
이 구간 서고에 툭 떨어지거나

'고래 뱃속 어때?'

벚꽃 지는 날
약속 없는 나
제자리에 없는 책과
레일 서가의 리얼리즘

서쪽 하늘 렌더링

나는 당신에게
자초지종을 말하기 위해
앉아 있었지만

쓰던 휴대폰 옆에
새 휴대폰을 놓고
몇 개의 인증 번호를 눌렀을 때

"어플 순서도 똑같이 옮겨질 거예요"

그는 말했다

데이터를 옮기듯이
당신에게
자초지종을 전하는 상상

내가 듣던 풀벌레 소리가 복사되는 방식

나는 한 번에 한 문장씩만 말하고

나는 페이지 순서대로 책을 읽는다

유대, 기독교 설화에서는 도량형을 발명한 것이 카인이라고 한다. 이

때문에 "순진하게 인정 많게" 살던 사람들이 "교활하"게 바뀌었다는 것이
다. 측정하다보면 죄를 짓기 쉽기 때문에,*

"오, 제가 거기 회원인 건가요?"
"네"
"그렇군요"

나는 당신에게
자초지종을 말하기 위해
앉아 있었지만

당신의 기분과 컨디션과,
아직 나 스스로도 정리가 필요했기 때문에
지금으로서는 그냥
딴 얘기를 했으면 좋겠다고 했다

아침에는
커피 쿠폰이 왔다

내가 당첨되었다

* 로버트 P. 크리스, 『측정의 역사』, 노승영 옮김, 에이도스, 2012.

새로운 그늘막

균열을 일으키는 말

어떤 사람의 말에 나는
특히 취약하기 때문에

날씨 강수 바람 습도
아래
비 그림
을 봤지만

호시탐탐
자전거를 타는 거예요

당신을 싫어하지 않아요
오늘의 기분을
겨우 지키고 있답니다

비가 올 줄 모를 때에는
언제든 멈출 수 있도록 대로를 이용하는 편

신호등에 처음 나타난 그늘막은
조금 작았고
어느 봄엔가 넓어지더니

올봄엔
온도와 바람에 반응하는
스마트 그늘막이 되었습니다

일몰 후에는 그늘막이 접히며,
LED 조명이 점등됩니다

나
지금 여기
공원이야

어떤 말은 초능력

아무 의도도 없으면서
등을 펴게
고개를 들게 합니다

발문

김은지의 시에 친구하다
—조용하고 귀여운 웃음 폭발 시
이소연(시인)

김은지는 내 친구다. 언젠가 은지가 내게 한국어의 '친구'
는 좀 특별하다고 말한 적이 있다. 친할 친親, 옛 구舊. 친구
가 옛날부터 오래도록 친하게 사귀어온 사람을 뜻한다면,
그 오래는 얼마 동안을 말하는 걸까? 나는 은지와 그리 오
래된 사이는 아니었기 때문에 마음이 좀 복잡해졌다. 이렇
게 친하고 이렇게 좋은데 친구가 아닐 수도 있나? 은지는 내
가 당연히 알고 있다고 생각했던, 그래서 찾아볼 생각도 못
했던 '친구'라는 단어의 뜻을 찾게 했다. 그래 나를 이렇게
만드는 사람이 친구가 아닐 리는 없어. 사 년이면 오래지 오
래야…… 단어를 검색해보다 친구라는 같은 소리글자의 다
른 뜻을 알게 되었다. 숭상하고 존경하는 대상에 대하여 경
의와 복종을 표하기 위해 입을 맞춤. 나는 회심의 미소를 지
었다. '거봐. 넌 내 친구야.'
　'친구'는 김은지의 이번 시집을 읽는 동안 내 머릿속을 떠
나지 않았던 단어다. 얼마나 오래 사귀었건 얼마나 친하고
가깝건 그런 건 이제 중요하지 않다. 나는 김은지의 시에 친
구하므로.
　그럼 우정이란 단어에 대해서도 말해보면 어떨까? 김은
지식으로 말해본다. 아니 이소연식으로 말해본다. '우정'은
'일부러'의 강원도 방언이라는데 어쩌면 우정이란 일부러
시간을 길게 늘어뜨리는 일이 아닐까? 마음에 그릇이 있어
거기에 시간을 담아두는 일인지도 모른다. '오래'는 그렇게
앞지를 수도 있을 것 같다. 나는 '우정' 은지의 세번째 시집

원고를 매일매일 끼고 다니면서 틈나는 대로 메모하며 읽었다. 발문을 쓴다는 생각보다, 이 시집의 시들을 가장 먼저 만난다는 기쁨을 한껏 즐기려 '조용히 충분히' 읽는 시간을 가졌다. 그러는 동안 매일 다른 김은지를 만났다. 김은지는 조용하다. 김은지는 집요하다. 김은지는 귀엽다. 김은지는 웃긴다. 김은지는 나를 울게 한다. 그리고 시집을 다 읽고 나서는 김은지의 시가 얼마만큼의 웃음을 담고 있는지 이 자리를 빌려 말하지 않을 수 없다고 생각했다. 그리고 그 웃음 끝에 어쩔 수 없이 아리고 슬픈 마음들이 머리를 내민다는 것에 대해서도.

그 웃음이 어디에서 비롯되는지 말하기 위해서는 먼저 은지가 단어를 다루는 방식부터 이야기해야 하지 않을까. 김은지의 첫번째 시집 『책방에서 빗소리를 들었다』(이수경 옮김, 디자인이음, 2019)와 두번째 시집 『고구마와 고마워는 두 글자나 같네』(걷는사람, 2019)를 성실하게 따라 읽어온 독자로서 예감했던바, 단어에 대한 김은지의 섬세한 감각은 이제 김은지 시의 특질이 되었다. 콧등의 여드름을 짜고 나서 "'짰다'에 왜 ㅈ이 두 개 들어가고/ㅅ도 두 개 들어가는지 알게 되었다"(「저런,」, 『고구마와 고마워는 두 글자나 같네』)며 감각적으로 단어를 이해하던 김은지는 세번째 시집에 와서 거의 단어를 만끽하는 느낌이다. 감각적 경험이 절묘하게 단어와 연결되는 시편이 감탄을 자아내게 한다. 김은지는 이국의 단어를 조용히 충분히 외운다. 한 세계를 마

음에 담기라도 하듯. 그러면 나도 같이 그러고 싶어진다. 김
은지는 단어에 누군가의 마음이 깃들 수 있다는 걸 아는 사
람처럼 단어를 대한다. 은지가 어떤 단어에 대해서 말하면
그 단어가 만져진다.

　누구나 단어를 쓸 수는 있다. 하지만 독자들로 하여금 단
어를 오래 쥐어보게 하는 김은지의 쓰기는 귀하다. 나는 은
지가 단어를 꼼꼼히 들여다보는 과정에 이끌린다. 그러다보
면 단어는 어느새 울산의 몽돌해변에서 주워들었던 돌멩이
같은 것이 된다. 햇살의 따뜻함을 머금은 몽돌에서 돌과 돌
사이를 드나들던 바닷물의 흔적을 만지게 되는 것처럼 단어
를 감각할 수 있게 된다. 혼자 감각하지 않고 함께 감각하려
는 은지의 마음이 고스란히 느껴지는 다음 시를 읽어보자.

1. 조용한, 충분한 단어들

　오른쪽은 미기
　왼쪽은 히다리

　한 번에 외워진 단어라면 지텐샤
　자전거이다

　싫다는 뜻의 글자에는

자주 여자라는 부수가 들어 있고

다른 외국어를 시작했을 때도
겪었던 일이다

언어 속 낡은
여자들의 자리에
매번
저릿함을 느낀다

한편 초보 회화 연습에는
비건의 음식 주문
한부모 가정의 하루
동성 연인을 꿈꾸는 에피소드

1월의 카페에 트리가 있고
나는 트리 아래 빈 선물 상자들을 보면서

외워졌는지
외워지지 않았는지

무엇이든 떠오르는 생각들을 위한 시간을
충분히 가지려고

눈은 유키
내리다는 후루

창밖에는 눈이 펑펑 내리고
하얀 눈이 쌓이는 것을
조용히
충분히
외운다
—「1월의 트리」 전문

이번 시집의 첫 시인 「1월의 트리」를 읽으면 시인 김은지가 선명하게 나타난다. 그건 시적 장치로서의 화자가 아닌 조금의 꾸밈도 없는 시인 자신의 모습이다. 12월을 한껏 들뜨게 만들었던 트리가 크리스마스가 지난 1월까지 그대로 있는 카페에서 시인은 일본어 단어를 외운다. 그 옆에서 나는 철 지난 트리를 함께 보았다. 그때 내가 한 일은 기억나지 않지만, 은지가 시를 완성한 순간 얼마나 기뻐했는지는 오롯이 기억한다. "시를 써서 기분이 좋아." 시를 쓰면 기분이 좋아지는 세계에서 우리가 함께 살고 있다는 게 기뻤다. 그때 은지는 방금 쓴 시를 내게 읽어줬다. 그리고 나는 다지난 축제의 고요하고 아름다운 끝자락에서 조용히 충분히 외우는 마음을 배웠다.

은지는 단어를 외우는 동안에도 또다른 감각의 싹을 틔운다. "싫다는 뜻의 글자에는/ 자주 여자라는 부수가 들어 있"다고 말하는 시인은 "언어 속 낡은/ 여자들의 자리에/ 매번/ 저릿함을 느"끼면서 '나' 아닌 것과 소통하려고 애를 쓴다. 외국어 단어를 외우기 위해 읽은 예문조차 예사로 넘기지 못하는 것이다. 여성의 현실을 생각하기 전에 언어 속 여자들의 자리를 '낡은' 자리라고 명명하며 여성에 대한 편견과 조용히 맞선다. 이는 '나'를 벗어난 것들과의 기민한 자리바꾸기이자, 이미 '나'의 감각 안으로 들어오기 시작한 외부의 이야기이기도 하다. "무엇이든 떠오르는 생각들을 위한 시간을/ 충분히 가지"는 것은 시가 생성되길 바라는 막막한 기다림의 시간을 떠오르게 한다. 그렇기에 '나'는 "빈 선물상자들을 보"게 되는 것이 아닐까. 김은지는 단어와 삶의 파편 사이를 응시하면서 그저 그 자리에 있을 만한 평범한 것들을 조용히, 충분히 오랫동안 지켜본다.

　김은지는 단어에 시가 들어 있다고 믿는 시인 같다. "너도 매기를 넣어 시를 써봐"(「만일 우리가 만나게 된다면」), "제주도 사투리로 '미안해요'는 뭐냐고 물어보고"(「박쥐와 울퉁불퉁함과 날씨」), "프나 피 혹은 카를 넣은 이름을/ 쓸 계획"(「정미」), "토끼는 '끼'라는 글자가 있는데도 귀여운/ 엄청난 동물"(「개별 토끼」), "개구리/ 무자치/ 동식물 이름은 다 시어 같아"(「작년 신상 티브이」) 같은 문장들은 일부러 외우려고 하지 않아도 기억이 난다. 김은지는 단어로 시

의 손잡이를 만들고 평범한 단어도 특별하게 만든다. 김은
지가 달아놓은 시의 손잡이를 잡으면, 단어 하나가 한 편의
시를 "종이 한 장에 다/ 불"(「종이 열쇠」)러내는 의외의 순
간을 만끽할 수 있다.

불현듯 「슬픔과 기쁨의 개 인사」에 나오는 구절이 떠오른
다. "누가 누구와 친해지느냐에 따라서/ 그 사람의 시가 달
라진다면// 아무래도 조금은/ 달라지겠지 그렇다면/ 누구
랑 친해지지/ 이런 희한한 생각을 하던 중이었고". 나는 내
시가 아무래도 조금은 달라진 것 같고, 은지와 친해져서 다
행이라고 생각한다. 「1월의 트리」의 트리는 약속 시각이 한
참 지난 뒤에도 가만히 누군가를 기다리고 있을 것 같다. 김
은지가 외우고 있는 일본어 단어들도 시인을 조용히, 충분
히 기다려줄 것만 같다.

    낙타의 등 모양이라는 산에서
    도시의 측면을 내려다보며
    좁고 높은 건물의 옥상을,
    올라가는 계단이 보이지 않는 옥상을
    옥상이 아니라 하나의 뚜껑처럼 보일 때까지
    응시했다

    한 마을 하늘을 혼자 쓰는 새

광화문 전광판이 자그맣게 보이는 풍경이
게임보다 더 게임 같아

네온이 다시 유행이라고 하는데
형광이라는 말이 어딘가 촌스러운가 하면
네온사인이란 말은 더 오래된 말 같고
형광이란 단어도 시의 제목에 놓인다면 멋스럽지 않을까
뭘 쓸지 골몰하느라
단어들의 자리를 생각한 건 환승을 하면서였다

나를 놀이동산에 데려가준 사람들에 대해 쓸까
크리스마스카드에 절교하고 싶었다고 쓴 사람에 대해
그 사람이 나중에 같은 방식으로 상처 준 것에 대해
코감기 약을 먹고 꾼
잠수함 꿈에 대해

너무 늦게 걷는 것도 몸에 안 좋다던데
혼자서는 더 늦게 걷는다

관객석으로 만들어진 데크에 앉아 운동화를 벗었을 때
바람에 꿀이 든 것처럼 쾌적한 날씨였다는 것을 깨닫고
당황해서 계단에 등을 기댔다

'실외기'의 이름을 풀어본다
바깥 기계
대체 어떻게 이렇게 섭섭하게 이름을 지을 수 있는지,
이처럼 특별하고 단정한 이름이 또 있을까, 싶기도 하고

갑자기 퇴직하고
갑자기 휴일을 보내면서

내가 쓰고 싶은 건
여름 외투
겨울보다 추운 실내에서
어깨를 감싸주는
그런
시

—「여름 외투」 전문

이 시는 여름 외투에 대한 시가 아니다. 광화문의 조감도
를 그린 것도 아니다. "한 마을 하늘을 혼자 쓰는 새"의 이
야기도 아니다. "광화문 전광판이 자그맣게 보이는 풍경"을
낯설게 바라보려는 시인은 아직 말해지지 않은 무엇인가를
기다리고 있을 뿐이다. 단어를 톺아보는 일은 여기서도 계
속된다. 그는 "단어들의 자리를 생각"하면서 시적 사유도
"환승"시키는 것 같다. 쉼없이 걸으면서 "바람에 꿀이 든 것

처럼 쾌적한 날씨"를 읽는다. 시인은 "옥상이 아니라 하나의 뚜껑처럼 보일 때까지" 풍경을 바라보는 자이니까. 그는 바람마저 적확하게 바라보려 온 힘을 쏟는 것만 같다. 그렇게 시인은 걸으면서 건물 바깥에 나와 있는 '실외기'에 눈길을 준다. 그리고 '실외기'란 단어를 시적으로 하나하나 풀어보며 섭섭한 이름과 단정한 이름을 떠올린다. "갑자기 퇴직하고/ 갑자기 휴일을 보내면서" 마주친 사물들과 관계를 맺으며 시인은 자신이 살아 있음을 체감한다. 그렇기 때문에 시인은 "내가 쓰고 싶은 건/ 여름 외투"라고, "실내에서/ 어깨를 감싸주는/ 그런/ 시"를 만나고 싶다고 말하는 것이다. 「여름 외투」는 삶에 위로받고 싶은 한 사람의 절실한 마음이 깃든 세미하게 아름다운 시다. 이제 그는 멋스럽게 쓸 필요도 없고 무엇을 쓸까 생각하지 않아도 된다. 단어 하나를 고를 때에도 예민하고 사려 깊은 마음을 가지고 있으니까. 은지가 시에 자신의 마음을 이렇게 투명하게 담아낸다는 사실이 매번 놀랍다. 어떻게 아무것도 감추지 않을 수 있을까. 그건 아마 감출 필요가 없기 때문일 것이다. 그러면서도 은지는 다 말하지는 않는다. 시 바깥에서도 마찬가지이다. 이를테면 은지는 생각 없이 너무 많은 말을 하는 내게 이렇게 말한다. "내가 들어도 되는 이야기가 맞아?" 나는 흠칫 놀란다. 내가 아는 이야기를 타인이 다 들어야 할 타당한 이유를 찾지 못한 나는 말을 멈춘다. 잠시 말을 분별할 시간을 갖고 나면 친구의 브레이크가 고맙다.

2. 조용하고 귀여운 웃음 폭발 시

램프에 살고 피부가 파란색이고 소원을 들어주는 이
로부터 카톡이 왔다 그건 어렵겠습니다 제가 준비해둔
건 평범한 거예요 공무원이 정말 프사의 그림처럼 파란
피부의 요정은 아니겠지만 평범한 것도 좋겠어요 학창
시절의 저에게 작은 장학금을 주세요 뭘 잘해서가 아니
라 그냥 당첨 같은 거 되어서 그건 어렵겠습니다 제가
준비한 건 평범한 거예요 벽지를 바꿔주는 건요 그건 어
렵겠습니다 6월까지 지인들이 밥 먹자고 안 했으면 좋
겠어요 발등이 아직 다 낫지 않았거든요 제 게임에서 플
래티넘 받지 못한 두 개의 라운드를 깨주실 수 있는지
궁금합니다 제 시집을 사주세요! 안부 인사 대신 전해
주기 결혼식 대신 가주기

매일 아침 사과 먹고 싶어요

받은 만큼 돌려주기? 상처 말고 사랑요 그럼 되는 게
대체 뭔데요 게다가 오늘은
제 생일이라구요 제가 준비한 건 평범한 거예요
　　　　　　　　　　　　　—「제가 준비한 건」 전문

말에 힘이 붙어 충격을 주는 시와 말에 힘이 붙어 웃음을 주는 시가 있는데, 김은지의 시는 후자에 가깝다. 특히 「제가 준비한 건」은 시적인 지지대를 숨기면서도 시적인 시다. 엉뚱함에서 출발해 도착이 유예되는 구조 속에서도 끝끝내 어딘가에 도착하는 시다. 김은지는 "램프에 살고 피부가 파란색이고 소원을 들어주는 이로부터 카톡"이 온 상황조차도 시적인 것으로 바꿔놓는다. 김은지에게 일상은 마치 시가 우러날 '틈' 같다. 짐짓 아무렇지 않은 듯 일상은 조용히 균열하고 그 틈에서 시가 솟는다. "그건 어렵겠습니다"라는 문장의 반복은 단순해 보이지만 시적 사유는 "구체적이진 않아도/ 입체적이다"(「정미」). 시적 화자의 소원은 '작은 장학금 주기' '벽지 바꿔주기' '시집 사주기' '결혼식 대신 가주기' '매일 아침 사과 먹기'처럼 소박하다. 하지만 파란 피부의 요정은 화자의 생일임에도 불구하고 어떤 소원도 들어줄 수 없다고 말한다. 그러나 괜찮다. 소원이 이뤄지지 않아도 발등만 나으면 밥 먹자는 지인들의 연락을 기다리게 될 수도 있고, 그러면 얼굴을 마주하고 안부를 물을 수도 있고, 결혼식도 직접 갈 수 있을 테니까. 무엇보다 김은지에게는 사랑을 받은 만큼 돌려주고자 하는 명랑한 마음이 있으니까. 이 시는 그런 은지의 마음이 재밌고 싱싱하게 형상화된 작품이다. 이 시에 담긴 내용도 내가 아는 이야기다. 은지가 한 구청 행사에 응모했고, 어느 날 구청에서 메시지가 와서는 소원을 말하라고 했다. 은지는 어떤 소원을 빌지 생각하지 못했다고 하며 내 생각을 물었다. "집을 사달라고 해." "그런 건 안 된대. 예산 문제로 평범한 소원만 된대." 우리는 평범한 소원을 생각하느라 시간을 다 보냈다. 아무리 작고 사소한 소원을 말해도 평범의 범주에 들어가지 않아서 애를 먹었다. 그러는 동안 우리는 우리의 소원이 얼마나 대단한 것인지만을 깨달아갔다. 이 시를 보며 내가 얼마나 웃었는지 모른다. 은지가 그때 혼자 속으로만 생각한 소원들의 면면을 보니 가히 사랑스럽다. 어떤 조용하고 조심스럽고 은밀한 마음을 지닌 사람이 갖는 유머에 대해서 나는 그동안 너무 몰랐던 것 같다.

개학을 앞둔 마지막 주는 숙제를 하며 보냈다 방학 숙제를 하나도 하지 않고 지내다가 엄마와 함께 숙제가 적힌 종이를 읽었다 자, 우선 그림 두 개 그려와 온종일 걸렸다 수수깡으로 전동 배를 만든 적도 있다 욕조에 물을 받았지만 감전될까봐 걱정이 심했다 밀린 일기도 써야 했다 밤의 부엌과 거실 내 방 책상과 벽에 붙인 작은 밥상 일기를 쓰다가 너무 괴로워서 여기저기 옮겨가며 썼다 일기장과 싸우고 있는 나 방학 내내 태평하게 논 학생치고는 숙제를 다 해서 내고 싶었다 며칠 전의 날씨와 했던 일 기억을 짜냈다 태평하게 논 학생치고는 사실대로 쓰고 싶었다 일기 아니 월기를 쓰다가 깨달았다 마지

막 줄에 그리고 잠을 잤다 라는 문장으로 마치면 안 된
다는 것을 일기는 자기 전에 쓰는 것인데 그리고 잠을
잤다 라고 할 수는 없다는 것을 일기를 퇴고했다 개학
이 하루 남았고 이미 늦었다 그날의 지배적인 정서였다
그렇게 열심히 해봤자 꼭 한두 개 못하는 숙제가 있었
고 대충 한 숙제를 보니 괴롭고 너무 졸렸고 오빠 숙제
까지 봐주느라 짜증이 폭발한 엄마도 찰흙으로 연필통
같은 걸 만들고 있었다 그런데 개학을 해보면 내가 일기
를 제일 성실하게 쓴 학생이었다 선생님은 내 일기장을
들고 칭찬을 하시고 선생님이 남겨준 코멘트 매일 뭐가
이렇게 좋은 게 많을까 그러고 보니 과연 기분이 참 좋
다는 문장을 자주 쓰고 있었다 그다음부터는 잘 안 썼다
매일매일 꾸준히 일기를 쓰지 못하는 내가 한심했다 그
렇지만 방학이 된 것을 온전히 기뻐하며 숙제 따위는 잊
어버리고 가능한 한 오래 놀 수 있는 방학 숙제에 슬플
정도로 최선을 다했던

    방학이었다

                                    ―「월기」 전문

  일찍이 '일기'를 '월기'라고 부른 시인은 없었다. 이는 김
은지가 자신의 경험 속에서 발굴한 일기의 다른 말이다. 이
시를 읽고 있으면 삶의 한계가 긍정적인 것으로 바뀌는 순

간을 보게 된다. 일기를 쓰면서 "기분이 참 좋다"고 말할 수 있는 아이, "사실대로 쓰고 싶었다"고 말하는 아이의 맨얼굴을 만날 수 있어 기분이 좋아지고 웃음이 핀다. 이 시를 읽다가 너무 웃어서 눈물이 날 정도였다. 그렇게까지? 하며 의아해할 사람도 있겠지만, 나는 밀린 일기를 쓰는 어린 김은지의 모습이 나랑 똑같아서 웃었다. 오빠의 숙제까지 봐주느라 엄마는 짜증이 폭발했겠지만, 이 시를 읽는 나는 웃음이 폭발했다. "엄마도 찰흙으로 연필통 같은 걸 만들고 있"는 개학 전 그 난리통이 눈부시게 그리운 건 왜일까? 이 시에는 보편적으로 공감할 수 있는 개학 직전의 모습이 그려져 있으면서 한 개인의 내밀한 순간이 가득 담겨 있다. "숙제 따위는 잊어버리고 가능한 한 오래 놀"고 싶어하는 천진함이 "방학 숙제에 슬플 정도로 최선을 다"하는 무구함과 나란히 놓일 때는 폭발하던 웃음이 사그라들고 그만 아련해지고 말았다. 시의 마지막 문장이 이렇게 열려 있을 수 있나. 이 시는 한달음에 쓰인 시 같고, 아무 일도 일어나지 않지만 모든 일이 일어나는 시 같다. 밀린 방학 숙제를 하고 일기가 아닌 월기를 쓰지만 "방학이 된 것을 온전히 기뻐하"는 '나'가 있다. 웃음이 절로 미끄러지게 하는 시, 명랑한 언어유희의 개성이 깃든 시다.

3. 불편한 아름다움

이번 시집에서 김은지는 코로나19 바이러스 이후의 기후 및 생태 위기 문제에도 깊게 파고든다.

나는 자주
만약 내가 마케팅 담당자였다면,
어떻게
물질을 쓰지 않는 방식으로 홍보할 수 있을지
상상하곤 한다

김밥을 쌀 때
위생 장갑을 끼는 것은
이미 입력된
문화양식 같은 것일까

해파리처럼
바다에 떠다니는
위생 장갑

(……)

깨끗한 바다에서 나는

깨끗한 김을 먹고 싶은데
그러기 위해서 내가 할 수 있는 일을 모르겠다

(......)

나는 김을 먹고 싶고
김이 나는 바다가 깨끗해야 한다고 믿고
시간을 들여 하는 노력이
자연을 파괴하지 않는 일에 소용이 있기를 원하지만
사랑하는 사람에게 선물을 받고
피자를 먹고
크리스마스 케이크를 사고 나오는 새로운 쓰레기를
버리는 방법을 모른다

　　—「위생 장갑—김을 좋아하고 몇 주째 김을 생각합니
다」부분

　시인은 위생 장갑이 둥둥 떠다니는 해변을 보다 뭔가를
잊을까 급히 메모한다. "나의 인스타그램적인 환경 캠페
인"이란 문장이다. 거기까지 읽었을 때, 과시적인 환경보호
활동에 대한 비판적인 의미가 담긴 시일까 생각했는데 아
니었다. "과시 허세"라고 해도 환경보호를 "실천하게 되기
를" 바라는 시인의 마음은, 어떤 사안을 섣불리 비판하기보

다 함께 노력하고 실천하는 세상을 먼저 그려보게 한다. 시인의 말처럼 "상상이라는 단어에/ 힘이라는 글자를 붙"인 이유를 알 것만 같다. 시인은 자본주의를 비판하는 것이 아니라, 일상에서 당연하게 쓰이는 위생 장갑이 "해파리처럼/ 바다에 떠다니는" 것을 보면서 "깨끗한 바다에서 나는/ 깨끗한 김을 먹고 싶은데/ 그러기 위해서 내가 할 수 있는 일을 모르겠다"고 솔직하게 고백할 뿐이다. 하지만 내게는 그 모름이 비관적인 전망을 극복하고자 하는 태도로 읽힌다. 이때의 모름은 앎이자 모름의 응시다. 너무 많은 것을 알기 때문에 아무것도 실천할 수 없는 것이 아니라, 모르기 때문에 상상할 수 있으며 모르기 때문에 아직 실천할 수 있는 것이다. 시인은 포장재와 쓰레기를 줄일 수 있는 대안을 찾지 못하는 상황 앞에서도 모르는 채로 힘을 내서 상상한다. 우리의 노력이 "자연을 파괴하지 않는 일에 소용이 있기를 원하"면서, 어떻게 하면 "불편해야 하는데/ 아름다"운 쓰레기들을 만들지 않을 수 있을지 상상한다.

이 시의 마지막에서 만나게 되는 문장은 그래서 더 의미심장하게 다가온다. 조미김 포장재에 적힌 "찰나를 위해 만들어진/ 영구적인 문장"은 바다 생물을 제거되어야 할 존재로 전락시킨다. "새우 게 해초" 시인은 하나같이 살아 있는 이름들을 하나하나 호명하며 진정 제거되어야 하는 것이 무엇인지 되묻는다.

난 너무 목소리가 작아

늘 이 문장으로 돌아오는 것 같다
할말을 못 찾을 때마다

다른 사람들과는 무슨 말을 나누면서 살았지?
회상 속의 나는
서너 명의 사람들과 함께
웃고 있다
또 나에게서 대화가 끊겼네

평소에 말이 없어도
미움받지 않는 사람들
조금 부러워

어떻게 하면 이렇게
잘 차려진 음식 앞에서
웃기만 하고
마음 편할 수 있는지

물줄기가 쏟아지는 여기
30초 영상을 찍고 다시 찍는다

소리도 줄인할 수 있으면 좋을 텐데
아 이미 할 수 있나

존재는 지우는 일은
슬픔의 피라미드에서
꼭대기

　　　　　　　　　　　　　　―「소리 줄인」 부분

　김은지는 소리에 민감한 시인이다. "달빛에 젖어/ 지나가
는/ 솜구름" 속에서 "풀벌레 소리"를 듣고(「앨범」) "바람이
불 때마다/ 종이가" 우는 소리까지 듣는다(「연면」). 작은 소
리도 잘 듣는 이유는 무엇일까. 바로 목소리가 작아서이다.
지켜본 바에 의하면 은지는 정말 목소리가 작다. 같이 음식
점에 가서 주문하려고 은지가 종업원을 부르면 오지 않는
다. 내가 부르면 온다. 길을 가다 은지가 먼저 인사해도 상
대방은 듣지 못하고 지나친다. 그러면 은지는 흔한 일이라
는 듯 그냥 가던 길을 간다. 그렇게 상대에게 가닿지 못하고
사라지는 말들을 바로 옆에 있는 나는 다 들었다. 은지는 자
신의 작은 목소리가 불편하다고 말하지 않는다. "또 나에게
서 대화가 끊겼네"라고 말할 뿐이다. 이때 솔직한 시적 사
유가 드러나는데 다음과 같은 문장을 통해서다. "평소에 말
이 없어도/ 미움받지 않는 사람들/ 조금 부러워". 말의 홍수
속에서 작은 목소리와 침묵은 얼마나 귀한가. 김은지의 이

야기는 눈을 마주치고 들을 준비를 마친 뒤에야 들을 수 있
는 무엇이다. 김은지는 상대의 말을 그렇게 들어준다. 「소
리 줌인」은 자신의 약점을 밝히면서 우리로 하여금 "존재를
지우는 일"에 대해 생각하게 한다. "물줄기가 쏟아지는" 그
짧은 순간에 '소리 줌인'을 통해 깨달은 바를 그대로 보여준
다. 계속해서 실패하는 시적 모험은 "알고리즘"(「예시와 호
박」)적으로 아름답다.

김은지는 가만히, 충분히 들어준 다음 말한다. 상대의 기
분을 맞춰주려는 말 말고, 기분을 상하게 하지 않으면서도
자기 생각이 담긴 단단한 말을 한다. 그리고 그런 시를 쓴
다. 바깥보다 추운 실내에서 어깨를 감싸주는 여름 외투 같
은 시. 어떻게 그런 시를 오십 편이나 쓸 수 있는 걸까? 아
무리 지켜봐도 그건 모르겠다. 나는 그 모르는 힘으로 은지
의 시에 친구한다.

김은지 2016년『실천문학』 신인상을 통해 등단했다. 시집 『책방에서 빗소리를 들었다』『고구마와 고마워는 두 글자나 같네』『아주 커다란 잔에 맥주 마시기』, 우정 시집『은지와 소연』, 산문집『동네 바이브』가 있다.

문학동네시인선 193
여름 외투
ⓒ 김은지 2023

1판 1쇄 2023년 6월 5일
1판 8쇄 2024년 8월 19일

지은이 | 김은지
책임편집 | 서유선
편집 | 김내리
디자인 | 수류산방(樹流山房) 본문 디자인 | 이주영
저작권 | 박지영 형소진 최은진 오서영
마케팅 | 정민호 서지화 한민아 이민경 안남영 왕지경 정경주 김수인 김혜원
　　　　김하연 김예진
브랜딩 | 함유지 함근아 박민재 김희숙 이송이 박다솔 조다현 정승민 배진성
제작 | 강신은 김동욱 이순호
제작처 | 영신사

펴낸곳 | (주)문학동네
펴낸이 | 김소영
출판등록 | 1993년 10월 22일 제2003-000045호
주소 | 10881 경기도 파주시 회동길 210
전자우편 | editor@munhak.com
대표전화 | 031) 955-8888 팩스 | 031) 955-8855
문의전화 | 031) 955-2696(마케팅), 031) 955-8864(편집)
문학동네카페 | http://cafe.naver.com/mhdn
인스타그램 | @munhakdongne 트위터 | @munhakdongne
북클럽문학동네 | http://bookclubmunhak.com

ISBN 978-89-546-9354-7 03810

www.munhak.com

문학동네